The Melody of Grief

Eine Sammlung von Briefen

The Melody of Grief

Eine Sammlung von Briefen

T. Alexandra Schrell

TWENTYSIX

BoD – Books on Demand, Norderstedt

Bibliografische Information der Deutschen Nationalbibliothek:

Die Deutsche Nationalbibliothek verzeichnet diese Publikation in der Deutschen Nationalbibliografie. Detaillierte bibliografische Daten sind im Internet über dnb.d-nb.de abrufbar.

TWENTYSIX

Eine Marke der Books on Demand GmbH

© 2022 T. Alexandra Schrell

Herstellung und Verlag:
BoD – Books on Demand, Norderstedt

ISBN: 978-3-7407-1677-6

Vorwort

Mir sind einige Dinge sehr wichtig, bevor ihr das Buch lest.

Erstens geht es in dieser Geschichte um Tod, Suizid, Alkoholkonsum und Depression. Wenn jemand von euch ein Problem mit einem dieser Themen hat, möchte ich von dem Lesen dieses Buches abraten. Ich möchte keine Rückfälle oder Ähnliches triggern. Es sind Webseiten und Telefonnummern am Ende dieses Vorwortes zu finden, falls ihr Hilfe braucht und nicht wisst, bei wem oder wo.

Zweitens möchte ich, dass ihr mit einem guten Gefühl nach dem Lesen das Buch schließt und mit einem Lächeln ins Regal stellt. Es soll euch nachdenklich stimmen und euch an eure eigenen Werte und Grundsätze erinnern. Ich will weder Tod noch Suizid glorifizieren, stattdessen möchte ich Menschen an die Schönheit des Lebens und die kleinen Wunder des Hier und Jetzt erinnern. Denkt über das Leben, den Tod und das Jenseits nach, findet euren eigenen Glauben und schöpft Kraft daraus. Verzweifelt nicht, es gibt immer eine Lösung.

Drittens kann ich nie garantieren, dass meine Intention beim Schreiben dieses Buches auch bei euch Lesern ankommt. Ich kann nie wissen, ob meine Meinungen und Ideen und Gedanken gut ausgedrückt werden, oder ob ihr sogar das genaue Gegenteil von dem versteht, was ich euch sagen will. Also findet eure eigene Botschaft. Versteht meine Worte, meine Geschichte, wie ihr sie nun mal versteht und zieht eure eigenen Erkenntnisse daraus. Ich bin gespannt und warte auf eure Rückmeldung.

An alle, die mich persönlich kennen: Ich habe einmal gelesen, dass Schriftsteller wollen, dass ihre Bücher gelesen werden — außer von denen, die ihnen nahestehen.

Ich grüße euch alle
Alex

Anlaufstellen, wenn ihr Hilfe benötigt

Telefonseelsorge:

Tel: 0800 111 0 111

Web: https://www.telefonseelsorge.de

Nummer gegen Kummer für Kinder und Jugendliche:

Tel: 0800 11 6 111

Web: https://www.nummergegenkummer.de

Jugend-Notmail:

Chat und Mail: https://www.jugendnotmail.de

Kapitel 1

Der Postbote warf den blauen Brief in den Briefkasten, ohne ihn eines weiteren Blickes zu würdigen.

Die Betreuerin der Psychiatrie holte die Post und verteilte die Briefe an ihre Patienten.

Seth nahm seinen Brief stirnrunzelnd entgegen. Er hatte keinen erwartet. Er warf ihn in den Mülleimer seines Zimmers, sobald er die Handschrift erkannte.

Er zog sich erneut zurück auf sein Bett, den Blick auf die Wolken am Himmel gerichtet. Die Wolken trieben nicht einfach dahin wie vorher. Er sah keine Wolkenmasse mehr. Einzelne Wolken tanzten über den Himmel, mal langsam, mal schnell. Er begann den Rhythmus zu sehen, die leise Stimme zu hören, die den Refrain des vertrauten Liedes summte. Er drehte sich um und starrte gegen die Wand.

Die ganze Nacht lag er wach, seine Gedanken drehten sich um den Brief im Eimer unter dem Schreibtisch. Warum jetzt?

Zu neugierig, um den Brief zu ignorieren, stand Seth auf. Ihm wurde schwarz vor Augen, sein Kreislauf protestierte. Blind griff er nach dem Stuhl und klammerte sich an der Lehne fest. Er wartete, bis er wieder sehen konnte, bevor er den Brief aus dem Müll fischte.

Schwerfällig ließ er sich auf den Stuhl fallen, um nicht umzukippen. Mit zittrigen Händen faltete er den Brief auf.

Lieber Seth,

ich hoffe, du bist gut in der Klinik angekommen. Geht's dir gut da?

Werd schnell gesund, damit du nach Hause kannst. Papa dreht durch wegen dem Geld. Bei deinem Job bin ich eingesprungen, passt aber nicht mit meinem Stundenplan. Ich schwänze dann einfach immer Mathe donnerstagnachmittags, um die Schicht zu schaffen. Kisten schleppen gehörte nie zu meinen Lieblingsbeschäftigungen, aber wenigstens können wir dann Papas Alkohol bezahlen. Es ist also alles beim Alten hier, nur du fehlst.

Werd schnell gesund, damit es wieder ganz normal wird.

Alles Gute, Ben

Benni,

schreib mir nicht mehr.

Seth

Kapitel 2

Lieber Seth,

wir haben wenig ernsthaft geredet. Vielleicht hätten wir das tun sollen. Vielleicht hätte es uns dann nicht so hart getroffen. Vielleicht wäre ich vorgewarnt gewesen. Stattdessen hast du mich mit Heavy Metal konfrontiert, als ich Country erwartet habe.

Papa versteckt sich hinter seiner Arbeit. Vermutlich hat jeder seinen eigenen Weg mit allem umzugehen.

Können sie dir da helfen, wo du jetzt bist? Wie ist das Essen? Du warst immer pingelig beim Essen. Deine Pflanzen vertrocknen langsam, du musst sie bald wieder gießen.

Ich brauch deine Meinung zu einem neuen Song, die Melodie passt nicht ganz. Morgens um drei bin ich nie besonders kreativ. Kann ich dir den Track schicken?

Gute Besserung, Ben

Benni,

das Essen ist ok.

Handys sind hier nicht erlaubt, du wirst ohne mich klar-
kommen müssen.

Seth

Hallo Seth,

ich habe deine Pflanzen zu mir genommen und gegossen. Erzähl mir von den Leuten, die du dort kennenlernst. Irgendjemand, der dich zum Lachen bringen kann?

Erinnerst du dich an Paul aus der Grundschule? Du hast immer gesagt, er wäre manipulativ. Ich konnte das nie verstehen. Du kannst besser mit Menschen als ich. Du hattest recht.

Eine Challenge für dich: Finde bis zu meinem nächsten Brief jemanden zum Reden. Nur einen. Ein Mensch, ein Gespräch.

Liebe Grüße, Ben

Hallo Benni,

vielleicht kann ich Menschen besser lesen, aber ich bin in einem Vogelkäfig. Abgeschnitten von der Welt. Ich beobachte durch die Gitter, aber niemand versteht meine Melodie. Ich schlage mit den Flügeln, aber niemand öffnet die Tür.

Seth

Lieber Seth,

Papa hat mich zu deinem Therapeuten geschickt.

Ich weiß nicht, warum du nicht mit ihm klargekommen bist, ich fand ihn eigentlich ganz nett. Verstanden hat er mich wahrscheinlich nicht wirklich. Ich mich auch nicht. Er hat mich immer so schief angeschaut, wenn ich etwas gesagt habe. Vielleicht sind die Psychiater bei dir ja besser und verstehen dich.

Und ich brauch wieder Hilfe in Mathe von dir. Ich versteh das alles absolut nicht mehr.

Bis bald, Ben

Kapitel 3

Hallo Benni,

die Therapeuten hier sind nicht viel besser.

Ich will euch nicht weiter zur Last fallen. Das soll dein Studiumsgeld sein.

Du hast eine Zukunft. Verschwende sie nicht.

Ich habe die Challenge erfüllt. Meine Betreuerin war überrascht, als ich sie nach ihrer Familie gefragt habe. Ich habe den Funken in den Augen der Menschen vermisst, wenn sie leidenschaftlich über etwas reden.

Wie wenn du mir von deiner Musik erzählst. Wenn du von Akkorden und Intervallen und Klangfolgen sprichst und ich absolut nichts verstehe.

Wir reden immer aneinander vorbei. Ich rede Mathe, du Musik.

Seth

Lieber Seth,

Mathe und Musik sind gar nicht so verschieden, sie hängen eher miteinander zusammen. Man braucht ein grundlegendes Matheverständnis, um Musiktheorie zu verstehen, beispielsweise wenn es um Taktarten und Rhythmen geht.

Aber was meinst du damit, meine Zukunft verschwenden? Was wäre denn eine Verschwendung? Ich will die alte Farm von Opa wieder aufbauen, ich will nicht studieren. Ich will das Geld nicht, dein Geld nicht. Ich verstehe dich nicht, wie kannst du dein eigenes Leben so schlecht reden?

Der Song von neulich liegt immer noch rum. Es fehlt irgendetwas, aber ich stecke fest. Vielleicht geht es mir manchmal wie dir, dem Song fehlt der Antrieb.

Aber ich werde irgendwann diesen Song fertigstellen und dann werde ich ihn dir vorspielen und du wirst das gewisse Etwas hören, das gefehlt hat.

Liebe Grüße, Ben

Ach Benni,

denk nicht zu viel nach. Ich will nur, dass du dein Leben lebst, ohne später alles zu bereuen, wenn deine Zeit gekommen ist. So wie ich, ich bereue viel zu viel.

Erinnerst du dich noch an unseren achten Geburtstag? Ich war sauer, weil plötzlich das Haus voller Leute war, obwohl ich doch gar nicht feiern wollte. Aber du wolltest feiern und Mama und Papa haben Gäste eingeladen. Ich fühlte mich betrogen und nicht verstanden, und habe schließlich deine Feier ruiniert.

Über solche Dinge denke ich ständig nach und es zerfrisst mich von innen. Ich glaube nicht, dass ich es noch lange aushalte, Benni.

Ich wollte es versuchen, ich habe mit der Betreuerin geredet. Aber es ist nicht genug.

Seth

Kapitel 4

Lieber Seth,

deine Zeit ist noch genauso wenig gekommen wie meine. Geh noch nicht. Du musst mir noch das Finanzzeugs beibringen, damit ich die Farm nicht in den Ruin wirtschafte.

In der Schule fragt man nach dir. Lehrer, Mitschüler, Freunde. Manche machen sich wirklich Sorgen, die meisten sind einfach nur neugierig. Was soll ich ihnen sagen? Papa meint, ich muss lügen. Sagen, dass es dir wieder besser geht. Dann ist er in Tränen ausgebrochen. Ich dachte immer, sein Image ist ihm wichtiger als seine Familie. Ich glaube, das stimmt nicht mehr. Ich verstehe ihn mindestens genauso wenig wie dich. Könnt ihr nicht mal so einen Ratgeber schreiben, wie man euch verstehen kann? Das würde sicher helfen.

Du schaffst das schon!

In Liebe, Benni

Lieber Seth,

was ist der Sinn des Lebens?

Liebe und Sicherheit.

Das stand jedenfalls auf der Versicherungswerbung, die ich heute im Bus gelesen habe. Denkst du auch über den Sinn des Lebens nach? Denkst du überhaupt an das Leben oder nur an den Tod?

Das Leben ist schön, eigentlich, denke ich. Man muss nur genau hinsehen. Die Schönheit ist versteckt in den Gefühlen hinter den Tönen, in der Leidenschaft der Musiker. Für mich jedenfalls. Du musst deine eigene Schönheit des Lebens finden. Das Leben ist schön und ich hoffe, du kannst das auch sehen. Es lohnt sich zu leben. Selbst wenn du erstmal keinen Sinn findest. Sei geduldig. Du warst immer der Geduldige von uns beiden. Du wolltest Antworten, ich wollte Abenteuer.

Erinnerst du dich an die alte Hängebrücke über dem Fluss hinter der Farm, die unter uns zusammengebrochen ist? Triefend nass standen wir am Ufer und haben uns gestritten. Ich wollte auf die andere Seite, den Fluss schnell überqueren, Abenteuer suchen, die Welt dahinter sehen und erleben. Du wolltest lieber die Ruinen der Brücke anschauen und herausfinden, warum uns die Brücke nicht getragen hat, zurückgehen und Opa fragen, was wir hätten anders machen sollen.

Heute würde ich lieber lernen, es besser zu machen als einfach das nächste Abenteuer zu suchen.

Dein inzwischen nachdenklicher, dir so unähnlicher Zwilling,

Ben

Benni,

ich denke über den Sinn des Lebens nach. Ich finde keinen.
Es ist frustrierend.

Seth

Kapitel 5

Lieber Seth,

ich war nie jemand, der vorsichtig mit Worten umgeht.
Du siehst schrecklich aus. Ich habe dir nicht in die Augen
sehen können, als ich da war. Du siehst nicht mehr aus
wie der Bruder, der in diese Klinik gegangen ist.

Warum hast du geschwiegen? Hattest du nichts zu sagen? Hattest du Angst? Wovor? Ich will dich verstehen,
wirklich, aber du machst es mir so schwer. Wo ist dein Le-
benswille geblieben? Wo ist der fröhliche Junge hin, der
mit mir um die Wette auf Bäume geklettert ist? Wurde
er auf der Farm zurückgelassen oder ist er im Großstadt-
dschungel verloren gegangen, als wir umgezogen sind?
Als Mama gestorben ist? Oder als Papa angefangen hat
zu trinken? An welchem Punkt in unserem Leben habe
ich meinen Bruder verloren?

Ich wünsche dir alles Gute, komm bald wieder!

Ben

Benni,

ich glaube, diese Melancholie war schon immer da. Ich werde sie nicht mehr los. Es ist wie eine massive Dunkelheit, die mich zu Boden drückt.

Ich bin wie ein Kanarienvogel, geboren um zu fliegen, aber eingesperrt in einem Käfig. Ich will einfach frei sein, mit den Flügeln schlagen und den Wind spüren. Aber in diesem Leben kann ich das nicht. Mach dir keine Sorgen. Alles wird gut.

Seth

Lieber Seth,

ich mache mir wirklich Sorgen. Mach keine Dummheiten, ja? Und bitte antworte mir weiter. Ich freue mich jedes Mal so sehr, wenn ich einen blauen Umschlag im Briefkasten finde. Gute Besserung!

Ben

Benni,

ich bin so müde. Ich will nicht mehr. Wir sehen uns wieder, mach dir keine Sorgen.

Seth

Lieber Seth,

ich habe mir überlegt, dass ich heute auflisten werde, warum es sich lohnt zu leben.

1. Musik. Musik ist immer für dich da, es gibt immer ein Lied, dass dir hilft, gesund zu werden.

2. Natur. Der frische Wind an der See oder in den Blättern der Bäume. Deine Pflanzen.

3. Familie. Ich brauche dich als meinen Bruder und Papa braucht dich auch, selbst wenn er es nicht zugibt.

4. Diese kleinen Momente, in denen du dich und deine Umgebung viel klarer und mit mehr Verstand wahrnimmst, wo du die Schönheit der Welt und der kleinen Dinge entdeckst.

5. Du musst mir noch das Finanzzeugs beibringen.

Bitte halte durch, gib nicht auf. Ich weiß, du kannst es schaffen. Wieder gesund werden.

Und dann spiele ich dir meine Songs vor und du runzelst wieder die Stirn, wie vorher auch.

Liebe Grüße!

Ben

Kapitel 6

Wie ein Ohrwurm setzte sich der Gedanke fest, sein Leben zu beenden. Erinnerungen überschwemmten ihn Tag und Nacht, kurz vorm Einschlafen, beim Essen, beim Gießen seiner Pflanzen, bei den Therapiesitzungen. Ein Gefühl von Taubheit legte sich schwer über seinen Körper, hinderte ihn an schnellen, großen Bewegungen, zerrte an seinen Gliedmaßen.

Bald konnte er kaum noch den Stift halten, um Benni Briefe zu schreiben. Er fühlte sich ihm gegenüber verpflichtet zu antworten. Ein Lebenszeichen zu geben. Benni sollte sich keine Sorgen machen. Es ging ihm doch gut. Er brauchte nur ein bisschen Schlaf. Endlosen Schlaf.

Der Brief seines Vaters erreichte ihn nachmittags. Die schwarze Kugelschreiber-Handschrift grinste ihn schadenfroh an. Selbst in dieser Anstalt war er nicht sicher. Erinnerungen an Schläge, Vorwürfe, Blut, Geschrei und Türknallen hallten in seinem Kopf wieder, machten ihn blind und taub, erfüllten sein ganzes Sein. Überall der gleiche Vogelkäfig, die gleichen metallenen Gitterstäbe, die ihn einsperrten. Mit zittrigen Händen riss er den Umschlag auf.

Seth,

wie lange bleibst du noch in dieser Anstalt? Du weißt gar nicht, wie viel Geld das alles kostet. Kannst du eigentlich ruhig schlafen? Denkst du überhaupt mal an mich? Dein Arzt hat mich angerufen, dass du nichts isst. Egoistisch hockst du da und frisst unser Geld stattdessen.

Ich bin wirklich enttäuscht von dir, dein Bruder bedeutet dir wohl überhaupt nichts. Sonst würdest du nicht sein Studiumsgeld vergeuden.

Vielleicht ist es wirklich besser, wenn du dich einfach umbringst, dann müsste ich nicht zwei von euch durchbringen. Du bist weder am Leben noch tot. Das ist doch kein Zustand. Entscheide dich. Zieh einen Schlussstrich. Ich will nur das Beste für uns alle.

Dein Vater

Es war an der Zeit, stellte Seth fest. Es hielt ihn nichts mehr in diesem Leben, warum dann nicht das nächste beginnen? Vielleicht fand er dort einen Sinn im Leben. Sein Vater hatte recht, er konnte seine Familie nicht noch weiter belasten. Er starrte die Scherbe an, die er aus dem Müll geklaut und in seinem Zimmer versteckt hatte. Die naiven Betreuer hatten das nicht wirklich erschwert. Er hatte nie geplant, wirklich aus der Anstalt nach Hause zu gehen. Es gab keinen Platz für ihn zu Hause. Sein Platz kam erst noch. Auf der anderen Seite.

Er blendete den Schmerz aus, sah rot, sank auf den Boden, schlug sich das Knie auf, blendete den Schmerz aus, sah schwarz, kein Boden mehr, kein Schmerz mehr.

Kapitel 7

Lieber Seth,

Ich sehe dich ganz lebendig vor mir. Wenn ich am Esstisch frühstücke, sitzt du neben mir und löffelst dein Müsli. Wenn ich in Mathe nichts verstehe, sitzt du neben mir und erklärst es mir. Wenn ich durch den Park laufe, sitzt du auf den niedrigsten Ästen der Bäume und liest. Wenn ich bei unseren Freunden abhänge, stehst du neben mir und lachst mit uns.

In Wirklichkeit frühstücke ich allein, niemand erklärt mir Mathe, auf den Ästen der Bäume im Park sitzt niemand und liest, meine Freunde schauen mich mitleidig an. Ich bin allein.

Für eine kleine Weile länger bist du noch da. Nur noch für ein bisschen länger.

Du bist nicht tot, das weiß ich.

Morgen früh öffnest du deine Zimmertür und alles ist wie immer. Ich freue mich darauf.

Dein Ben

Lieber Seth,

Ich kann nicht glauben, dass du uns hier zurückgelassen hast! Ohne Rücksicht auf Verluste bist du gegangen, hast den einfachen Weg genommen. Egoistisch hast du die Konsequenzen ignoriert. Wenn es nur dein Leben betroffen hätte! Aber du bist Teil einer Familie, du bist Papa und mir wichtig und mit dieser Entscheidung hast du unser Leben genauso ruiniert wie deins. Freunde gehen, Papa ist dabei seinen Job zu verlieren, wir haben kein Geld, ich muss die Schule schwänzen, um arbeiten zu können.

Hast du auch nur einmal an mich gedacht? An meinen Schmerz? Warum konntest du dich nicht auf den Therapeuten einlassen? Warum hast du die Hilfe in der Klinik so arrogant abgelehnt? Hast du die Rechnungen für die Beerdigung gesehen? Wie sollen wir das alles bezahlen?

Ach vergiss es einfach. Es interessiert dich sowieso nicht.

Lieber Seth,

Der Brief von letzter Woche tut mir leid. Ich war aufgewühlt. Ich werde dein Zimmer wieder aufräumen, die Pflanzen habe ich auch runtergeschmissen. Das passiert mir immer häufiger. Entweder Wut oder Trauer. Aber ich komme mit dem Song weiter. Ich habe den Text abgeändert, jetzt erzählt der Song unsere Geschichte. Deine Geschichte. Und wie ich mit allem umgehe. Er heißt „The Melody of Grief". Irgendwann werde ich ihn dir vorspielen und dann verstehst du besser, wie es mir geht.

Bis dahin kann ich nur hoffen, dass es dir jetzt besser geht, da wo du bist.

In Liebe, Ben

Kapitel 8

Der Postbote klopfte sanft an die Tür vor ihm. Ein blasser Junge mit tiefen Augenringen öffnete die Tür, blinzelte einige Male und rieb sich die Augen. „Möchtest du einen Brief verschicken, Seth?", fragte ihn der Postbote.

„Wohin kann ich überall Briefe verschicken?", fragte Seth.

„Überall hin wo du willst."

„Auch auf die andere Seite? Nach Hause?"

„Auch nach Hause", nickte der Postbote.

„Wie viele darf ich schicken?"

„Nur einen."

Der Junge überlegte kurz und verschwand in seinem Zimmer.

Geduldig wartete der Postbote, bis er mit einem blauen, sauber gefalteten Brief wieder auftauchte. Blau, wie immer.

„Der Brief soll zu meinem Bruder", sagte Seth.

„Wird erledigt", lächelte der Postbote und verschwand.

Ben rannte wie jeden Morgen zum Briefkasten. Er stöberte zwischen den ganzen Rechnungen seines Vaters nach dem blauen Brief, den er jede Woche im Briefkasten gefunden hatte.

Freudig riss er ihn auf, in seinem Glauben bestätigt, alle Vorkommnisse wären wirklich nicht geschehen. Es war wirklich alles nur ein Albtraum. Seth lebte. Er schrieb immer noch Briefe. Er konnte nicht tot sein. Der Arzt am Telefon hatte gelogen.

Lieber Benni,

Mach dir keine Sorgen wegen dem Tod. Es ist halb so schlimm wie Papa uns immer gesagt hat. Ich habe Mama wiedergesehen. Sie hat hier auf mich gewartet und mich umarmt. Sie sieht genauso aus wie damals, als sie uns verlassen musste. Ich werde hier auf dich warten und dich umarmen, wenn deine Zeit gekommen ist. Aber noch nicht.

Tod ist nur ein vorübergehender Zustand, danach kommt noch so viel mehr. Es gibt so viel zu sehen und zu hören. Wie Musik, eine unendliche Weite an Möglichkeiten. Ich bin ein wenig überwältigt von den vielen Wegen, die man hier einschlagen kann. Ich überlege, mehr über Musik zu lernen, damit wir uns anständig unterhalten können, wenn du kommst. Man kann hier von den ganz Großen lernen: Mozart, Michael Jackson, Louis Armstrong, es sind alle hier. Es wird dir gefallen.

Bis dahin lerne ich etwas über Akkorde und du beendest deinen Song, an dem du nicht weiterkommst.

In Liebe, Seth

Lieber Seth,

Ich weiß nicht, wie das möglich ist! Aber ich freue mich lieber, als alles durch Hinterfragen kaputtzumachen. Geht es dir gut da oben? Gibt es wirklich ein Leben nach dem Tod? Ein Paradies? Gott? Wie geht es Mama? Ich habe so viele Fragen und endlich jemanden, der mir antwortet!

Kapitel 9

Lieber Seth,

ich hatte auf einen weiteren Brief von dir gehofft. Deine Beerdigung war gestern. Tante Katrin hat viel geweint, ihr standet euch so nah, meinte sie. Ich kann mich nur an die schrecklichen Videospiel-Geschenke an Weihnachten erinnern, obwohl du doch viel lieber Bücher haben wolltest.

Ich habe den schwarzen Anzug getragen, den wir für unseren Abschlussball gekauft haben.

Erinnerst du dich an die Blumen auf Opas Obstwiese hinter dem Haus der Farm? Die habe ich überall auf dem Grab pflanzen lassen. Die roten und gelben, die du so gerne mochtest.

Alle tappen auf Zehenspitzen um mich herum, als liefen sie auf Scherben. Bloß in kein Fettnäpfchen treten. Sie bemerken nicht, dass ihre bloße Anwesenheit mich in den Wahnsinn treibt. Ich fühle mich wie in einem Käfig, alle gaffen mich von außen an und sperren mich hinter Gitterstäbe. Bin ich zu lange unter Menschen, werde ich aggressiv, versuche auszubrechen. Ich gebe plötzlich allen um mich herum die Schuld an deinem Tod. Nein, eigentlich gebe ich immer mir die Schuld, ich lasse es nur an allen anderen aus. Ich verletze Freunde und Tante Katrin, Papa und wahrscheinlich auch dich, wenn du von da oben zuschauen kannst. Ich verletze die Menschen, die mir am meisten bedeuten. Du hast mich zu einem Monster gemacht, Seth.

Lieber Seth,

deine Pflanzen sind wieder eingepflanzt und das Bücher-
regal eingeräumt.

Man muss erst einen Menschen verlieren, um zu merken,
was plötzlich alles fehlt. Ich vermisse dich und ich lese jeden deiner Briefe doppelt und dreifach. Ich versuche, zwischen den Zeilen tiefere Bedeutungen zu erkennen.

Ich habe mir ein Buch über Finanzen gekauft. Du hättest
jedes Thema besser erklärt.

Papa sitzt nur in seinem Sessel, trinkt und schaut auf
den Baum im Park, in dem du immer zum Lesen geses-
sen hast. Er hat seinen Job wirklich verloren, weil er nicht
mehr in der Firma aufgetaucht ist. Ich arbeite jetzt Ex-
trastunden. Ich frage mich, ob du uns zusiehst, von wo
du jetzt bist. Bist du glücklich? Haben sich deine Wünsche erfüllt? Hast du die richtige Entscheidung getroffen? Bereust du dein Leben hier mit uns? War alles so
schrecklich, dass du keine andere Lösung gesehen hast?
Hast du überhaupt über die Konsequenzen nachgedacht?
Vielleicht weißt du auch mehr über das Leben und den Tod
als ich. Der Psychiater hat gesagt, dass ich mich mit deiner Entscheidung abfinden muss. Ich verstehe mich übri-
gens sehr gut mit ihm. Er konnte dich nicht retten und ich

54

nehme ihm das ziemlich übel, aber ich habe die Hoffnung,
dass er stattdessen mir helfen kann.

Vor allem hält er meine Wutanfälle besser aus als andere.
Ich hoffe, dir geht es gut.

Ben

Kapitel 10

Lieber Seth,

ich war nie ein Denker, du hast das ganze Hirn bei der Geburt abgekriegt.

Jetzt, wo du nicht mehr bist, denke ich tiefgründiger. Über deine Worte, die Welt, über Tod und Leben und Sinn. Die Psychiatrie hat mir alle Briefe gegeben. Ich habe immer davon gesprochen, mit dir reden zu wollen, aber auf deine Versuche bin ich nie eingegangen. Jetzt ist mein Verstand tiefgründiger geworden, weiter, vermutlich auch düsterer. Früher habe ich einfach im Moment gelebt. Danke, dass du mich wieder daran erinnert hast. Es geht um das Hier und Jetzt, nicht um die Vergangenheit oder die Zukunft. Wir sollten lachen und nicht weinen. Wir sollten leben und nicht endlos trauern. Es ist nicht schlimm zu weinen, aber sie darf nicht dein Leben bestimmen, die Trauer.

Ich habe Papa gefragt, er glaubt an kein Leben nach dem Tod. Er hat irgendetwas von Ende, Dunkelheit und Nichts gemurmelt, aber genau habe ich ihn nicht verstanden. Er wurde laut, als ich nachfragte. Danach habe ich das Thema gelassen. Vielleicht hat er deshalb immer so schlecht vom Tod gesprochen. Und von Mama. Vielleicht tat es ihm einfach leid, dass er sich kein schönes Leben für

Mama vorstellen konnte. Dass er nicht an ein Paradies oder Jenseits glauben konnte.

Ich kann mir nicht vorstellen, dass du einfach als Seele im dunklen Nichts schwebst. Schließlich hast du mir ja den Brief geschrieben. Du warst eine so starke Person, dass der Tod dich nicht einfach auslöschen konnte.

Irgendwo ist deine Seele und wartet auf mich. Und dann umarmst du mich. Wie Mama dich.

In Liebe, Ben

Lieber Seth,

Ich werde dein Leben für dich mitleben. Du hast den Tod nicht verdient, du bist zu früh gegangen, vielleicht war es auch dein Schicksal und es sollte so sein – ich weiß es nicht. Aber du hattest Träume und Wünsche und Ziele. Du kamst nie dazu, sie auszuleben, das muss ich jetzt für dich übernehmen, habe ich entschieden.

Du hast geweint, als wir damals zu Opas Farm zurückgekehrt sind. Du hast mit leerem Blick auf die zugestaubten Fenster und die Bretterhaufen gestarrt. Nicht mal der Traktor lief noch.

Ich will Landwirtschaft studieren und dann die Farm wieder aufbauen. Da lerne ich auch die ganzen Finanzsachen. Das Buch war nutzlos.

Ich danke dir, vielleicht musste wirklich alles so passieren, wie es passiert ist. Vielleicht hast du recht und es gibt ein Schicksal.

Dann muss ich jetzt mein Schicksal erfüllen.

Nichts ist wertvoller als mein Leben.

Wir sehen uns dann.

Dein Benni

Danksagung

Liebe Leser,

erstmal danke ich euch, dass ihr dieses Buch gelesen habt. Ihr könnt euch gar nicht vorstellen, wie viel es mir bedeutet, mir eine Geschichte ausgedacht, sie geschrieben, überarbeitet und tatsächlich veröffentlicht zu haben. Und dann wird sie auch noch gelesen!

Aber dieses Buch wäre nie ohne die Hilfe meiner Eltern und meiner Freundin Hera entstanden.

Ich danke euch, Mama und Papa, dass ihr immer an mich glaubt und mich unterstützt. Ich verdanke euch nicht nur meine Rechtschreibung und meine Sprache, sondern auch meine Fantasie, mein Durchhaltevermögen und den Biss, dieses Projekt durchzuziehen.

Hera, du warst in jeder dunklen Schriftsteller-Stunde für mich da, hast geduldig meine Texte gelesen und die unzähligen Fehler korrigiert. Dank dir heißt Benni wie er nun mal heißt.

Danke an meinen Freund Ralle Kunze, der mir zugehört hat, als ich feststeckte und niemand sonst da war zum Reden. Dank dir komme ich jetzt auch auf die richtige Menge an Wörtern.

Ich möchte mich auch bei allen Pferden und unserem Hund Vinnie bedanken, die mich bei jedem Wetter durch den Wald begleitet haben. Auf diesen Ausflügen konnte ich meinen Gedanken nachhängen und die ganzen Lücken in der Geschichte füllen: Randalin, Krummi, Kári, Sælingur, Lillith, Charly und Mocci.

Herr Berndhäuser, sie waren der beste Deutschlehrer, um meine kreative Ader zu fördern. Vielen Dank für ihre Ratschläge, Lebensweisheiten und Witze.

Ganz lieben Dank an meine beste Freundin Tina, die mir ganz fleißig mit den Metaphern und der Wortmalerei geholfen hat. Unser gemeinsamer Baltrum-Urlaub war genau das, was ich gebraucht habe.

Vielen Dank auch an all meine Freunde und Bekannte, denen ich von dem Buch erzählt habe und die mich in meinem Gefühl bestätigt haben, dass mehr Menschen diese Geschichte hören sollten.

Alex

Biographie

Ich denke mir Geschichten aus seitdem ich denken kann. In der Grundschule hat der Platz auf den Arbeitsblättern für die kreativen Schreibaufgaben nie gereicht, ich hatte einfach zu viel zu sagen.

Ich bin 19 Jahre alt und komme aus dem schönen Bergischen Land in Nordrhein-Westfalen, wo ich mit zwei Islandpferden und einem Hund aufgewachsen bin. Zurzeit mache ich eine Ausbildung zur Pferdetrainerin im Bereich Horsemanship.

„The Melody of Grief" ist ein Buch, mit dem ich anderen helfen möchte. Viele Menschen können mit dem Thema Depression und Suizid nichts anfangen und Freunden, Bekannten oder Familienmitgliedern nicht helfen, wenn sie mit dieser Krankheit konfrontiert werden. Ich hoffe, ihr könnt diese Menschen in eurem Umfeld nach dem Lesen des Buches besser verstehen und ihnen vielleicht auch helfen.